植村紀子　画・やべみつのり

鹿児島ことばあそびうた❸

石風社

鹿児島ことばあそびうた　３　もくじ

ですです

おらんどーばあ

だいやめしもんそ

もんごもんご

じゃっどなあ

こけけ

ですです

べべんべんべん　鹿児島弁

べべんべんべん　鹿児島弁
まっこて　ふしぎな　鹿児島弁
鹿児島　かごしま　だけじゃない
かごっま　かごいま　かごんま　と
なぜか　いろいろ　ございます

べべんべんべん　鹿児島弁
わっぜえ　おもして　鹿児島弁
たった一字も　意味がある
つ（かさぶた）　ぎ（文句）　ふ（運）
一字　ほんとで　ございます

べべんべん　鹿児島弁
昔の言葉は　最上級
ありがとうにだって　つくの
おあいがともしゃげもした（おありがとう申し上げ申した）
おー　早口言葉で　ございます

べべんべんべん　鹿児島弁
喜怒哀楽《きどあいらく》の　玉手箱
嬉しい時も　悲しい時も
なんだ（涙）が　ほほを下ります
なんだくだらん！　では　ございません

＊まっこて＝まことに
わっぜえ＝とても
おもして＝おもしろい

ですです

です
ですよ
ですよね
そうですよね
ですです
ですか
です

***ですです**＝そうそう（じゃがじゃが、とも言う）
ですよね＝そうですよねの、そうを省略する言い方
鹿児島では昔から使われている

しろくまダンス

かごしま　なつ　くるくる
しろくま　くる　ぐるぐる
ホッキョクグマ　いえいいえ
あまい　ワルツ　かきごおり

さんかく　おやま　ふわふわ
れんにゅう　かけ　アンドウトロワ
みつまめ　みかん　さくらんぼ
くまの　かおの　できあがり

ひとくち　ペロリ　ほっかいどう
ふたくち　ペロリ　ほっきょくけん
ペロペロ　ペロリ　うちゅうへ　ジャンプ
あせも　とんで　ぶるぶーる

だからよ　だよ　たべるもん
すきです　です　うまいもん
いくがね　がね　てんもんかん
こころ　おどる　しろくま

＊**だからよ**＝そうそう
だよ＝そうですよ
いくがね＝行こうね
てんもんかん＝天文館（繁華街の名）

ちよがみチャチャチャ

ちよちゃん　ちょこんと　おじぎして
おりおり　おりおり　はい　チャチャチャ
さんかく　しかく　まる　チャチャチャ
かなしかを　たのしかに　かゆごちゃ

ちよちゃん　ちょっぴり　ふくらんで
おりおり　おりおり　はい　チャチャチャ
おもちゃ　どうぶつ　はな　チャチャチャ
つまらんを　たのしかに　すろごちゃ

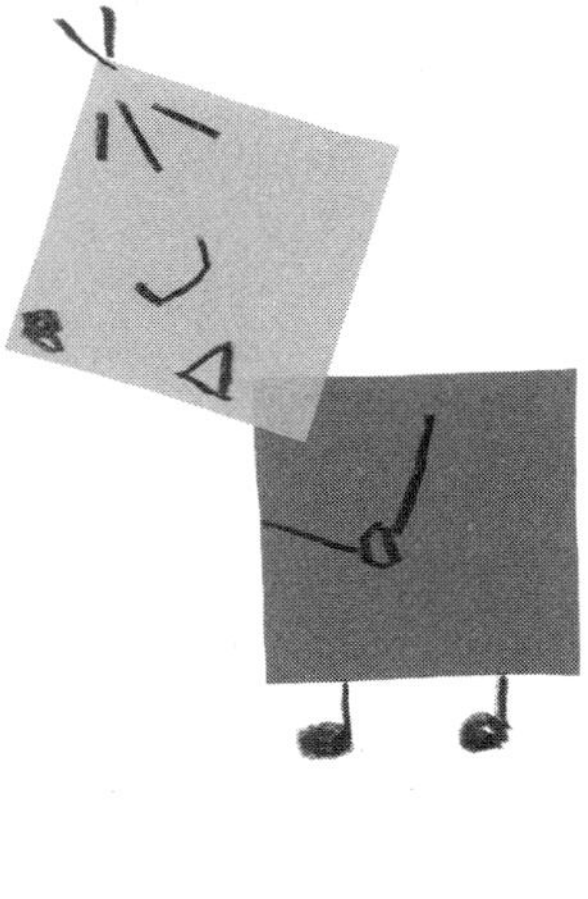

ちよちゃん　ちゃんと　せのびして
おりおり　おりおり　はい　チャチャチャチャ
へいめん　りったい　３Ｄ　チャチャチャチャ
ちきゅうから　うちゅうへ　とばそごちゃ

＊**かゆごちゃ**＝かえたいな
すろごちゃ＝したいな
とばそごちゃ＝とばしたいな

メモのもめごと

はら　じゃったち　ならんごっ
てちょうに　まめに　かいてゆく
メモメモメモメモメモメモメモメモ
モメモメモメモメモメモメモメモメ

あれっ
もめもめもめに　なっしもた
もめごっに　ならんごっ
はしっと　きちっと　メモメモメモ

＊**はら**＝あら
じゃったち＝だったと
ならんごっ＝ならないように
なっしもた＝なってしまった
はしっと＝しっかり

受験のおまじない

口角を上げると
リラックスするらしか
口角を上げるには
イ音とエ音が効くらしか
受験のおまじない
さあ　いっど
キラリ　にっこり　ににんがし
きばれ　チェストいけ　けしんかぎい

＊**いっど**＝いくぞ
きばれ＝頑張れ
チェストいけ＝それいけ
けしんかぎい＝死ぬほど一生懸命

かいで

かいで
かずんで
おせんこう

かいて
かかじって
カットバン

かって
からって
ランドセル

かじって
かぶしって
カツオぶし

***かずんで**＝かおりをかいで
かかじって＝ひっかいて
カットバン＝ばんそうこう
からって＝背負って
かぶしって＝かじって

外来語じゃ　ね

あっぱっ　ラッパ吹くのに　てこずった
いめじん　イマジンできない　内気者
あまん　ロマンの香り　酢です
がらる　ガラル図鑑貸して　叱られる
てのん　カノンで合唱　ご一緒に

＊**ね**＝ない
あっぱっ＝てこずる
いめじん＝内気者
あまん＝酢
がらる＝叱られる
てのん＝一緒に
ガラル＝ポケモンに出てくる地方名
カノン＝音楽用語。追いかけていく技法

あいちゃ

あいちゃ
これから　行かなくちゃ
学校　会社　習い事
ぺちゃくちゃ　おしゃべり
うっちゃめて
まずは　茶いっぺ
あい　ちゃちゃちゃちゃ

あいちゃ
それから　やらなくちゃ
宿題　研修　茶わん洗い

めちゃくちゃ　きまじめ
はっちゃけて
ずーっと　茶いっぺ
あい　ちゃちゃちゃ

あいちゃ
いまから　あげなくちゃ
愛情　こづかい　ＳＮＳ
ごちゃごちゃ　こまごちょ
書いちゃー消し
どら　茶いっぺ
あい　ちゃちゃちゃちゃ

＊**あいちゃ**＝あーあ
うっちゃめて＝急ぎやめて
茶いっぺ＝茶を一杯
はっちゃけて＝俗語。思う存分はしゃぐこと
こまごちょ＝愚痴
どら＝さあ

ドヤ顔

おや　おれは
わや　きみは
あや　かれは

こや　これは
そや　それは
あや　あれは

どじゃい
ドヤ顔している
かごっま弁

＊どじゃい＝どうも

おらんどーばぁ

いないいないばあ

おらんどー　ばあ
鹿児島のばあばは　あやします
しわくちゃ顔を　くしゃくしゃにして

ピーク　ア　プー
アメリカのママも　あやします
世界一かわいい　マイベイビー

ウックアック
タイのパパもあやします
おどけたまなざし　見タイ見タイ

ググ　ダダー
ドイツのおねえちゃんも　あやします
かわいい妹　わたしが守るわ

ク　クー　ク　クー
ロシアのおにいちゃんも　あやします
なかよくしよう　兄弟だもんな

いないいないいばあ
世界中の人が　あやします
どの国の赤ちゃんも　笑って笑って

＊おらんどー＝いないよー
参考文献『いろんな国のオノマトペ』（こどもくらぶ編　旺文社）

クック

クックは　わらうよ　ククククク
クックは　おこるよ　グッグッグッグッグッ
クックは　なくよ　ヒックヒックヒック
クックは　ねむるよ　クークークー

＊クック（グッグ）＝靴の幼児語

てんてん天使

てんてん天使は　優しかもん
天からひかりを　降りそそぐ
てんてん天使は　てんがらもん
おつむてんてん　おりこうさん
てんてん天使は　授かりもん
天から舞い降り　赤ちゃんに

＊てんがらもん＝利口者

こらこら

こらこら　とめられ　おこられた
こりこり　しぼられ　こりごりだ
こるこる　かたこる　あとのこる
これこれ　これがし　チョコレート
ころころ　ころがる　あさねごろ

＊こらこら＝もしもし（呼びかけ）
これがし＝高麗菓子（郷土菓子）
あさねごろ＝朝寝坊する人

○○鉄

撮《と》り鉄　パシャリ
乗り鉄　ゴトリ
呑《の》み鉄　グビリ
音《おと》鉄　ポーン

そして
あったらよかねえ
ニコ鉄　ニコリ
振り鉄　バイバーイ

すんくじら

大宇宙のすんくじらの
銀河系のすんくじらの
太陽系のすんくじらの
地球のすんくじらで
クジラは悠々と泳ぐ
人は
何にめくじらをたて
じめじめと争うのか
クジラは
じくじたる思いで
今日も地球をたたき
しぶきをあげる

すんくじら＝すみっこ
じくじ＝深く恥じ入るさま

へんしーん

はは
はっぱ
バッハ
パパ

ひふ
ヒップ
ビップ
ピップ

ほふ
ホップ
ボブ
ポップ

へ（灰）
へっ（肩こり）
べ（貝）
ぺ（杯）

孫

孫は
まごまごなんかしてられん
ずっと続いていくんだから
位置について　よーいどん

孫ひ孫
玄孫来孫（げんそん　らいそん）
昆孫仍孫雲孫（こんそん　じょうそん　うんそん）
雲孫は鶴の子　とも言うらしか

会えないけれど
孫の子の子の子の子の子の子へ
バトンタッチ
まこてまごつかん　命のリレー

＊**まこて**＝誠に　ほんとうに

たからもの

ねびねびと　ねびやから
ねむいねむいと　だだこねる
なんで　こんなに　ねむらない
あのね　ばあばが　こういうの
たからもの　どこにかくそかい
あかちゃんは　そうおもいなき
ねむるもんじゃ

ねびねびと　ねびこまごっ
ねむいねむいと　もんくいう
やがて　つかれて　すうすうすう

ほらね　たからは　すぐそばに
たからもの　ちゃんとかくせた
あかちゃんは　やからこまごっ
ねんころりん

***ねび**＝ねむい
やから＝だだ
ねびやから＝赤ちゃんが眠たいとき泣く様子
ねむるもんじゃ＝眠るものだ
かくそかい＝隠そうか
こまごっ＝文句

だいやめしもんそ

いお言葉

いおの世界にも
いお言葉が　あったろかい
いお言葉方言も　あったろかい

「いおーげんき？」
なんて　言ったりすったろかい？
言葉でけんかになったり　せんたろかい？

太平洋語　大西洋語　日本海語
インド洋語　北極海語やら　あったろかい？
いおどん　何語じゃっと？

すると　いおんめ輝かせ　ひといごっ
いおには国境なんて　なかで
あん海も　こん海も　どん海も　地球語

＊
いお＝さかな
あったろかい＝あるのかな
すったろかい＝するのかな
せんたろかい＝しないのかな
いおんめ＝魚の目
ひといごっ＝ひとりごと
なかで＝ないから

チャノン

チャノン　チャノン
チャノン茶いっぺ　茶会へおじゃれ
今日のお菓子は　なんじゃろか

チャノンにマカロン　トレビアン
チャノンに茶サブレ　セボン
チャノンにキャンディ　キュキュン

じゃっどん
やっぱい
なんちゅてん

チャノンの茶じょけは
でこんのちけもん
やがちゃ　友だちゃ　茶くれ婆

＊**チャノン**＝茶飲み　茶話会
茶いっぺ＝茶一杯　心の余裕
おじゃれ＝いらっしゃい
トレビアン＝仏語　すばらしい
セボン＝仏語　おいしい　いいね
じゃっどん＝でも
なんちゅてん＝何と言っても
茶じょけ＝茶うけ
でこんのちけもん＝大根の漬け物
やがちゃ＝やがては
茶くれ婆＝お茶好きの老女

いっぺ

明日《あす》いっぺ
明後日いっぺ
はら　いっぺ
さきおくい　いっぺ
せっぺ　とべ

お茶いっぺ
余裕も　いっぺ
腹いっぺ
笑顔もいっぺ
せっぺ　とべ

＊**いっぺ**＝いっぱい
はら＝あら（とっさのひとこと）
せっぺ＝精一杯
茶いっぺ＝茶一杯の心のゆとりを持て

ガレットとレガッタ

ガレット　そまんこ　かりっと焼いて
なんだかんだ具の　メヌエット
レガッタ　お舟をずらっと並べ
のこったのこった　ボートレース
ガレット　ガラッパ　かぶしった
にたっと笑った　川ん底
ガラッパ　レガッタ　かたしてと
ガレットくわえ　踊いでた

ガレット　レガッタ　どっちやったけ？
からまる言葉の　アクロバット

***ガレット**＝そば粉生地の料理
レガッタ＝ボートレース
そまんこ＝そば粉
ガラッパ＝カッパ
かぶしった＝かじった
かたして＝仲間に入れて

野菜応援合戦

にんじん　にせぶい　にっこにこ
だいこん　だいやめ　ダンシング
ごぼう　ごくらく　ゴッタンベベン
きゅうり　きかざり　キンゴキンゴ
じゃがいも　ジャカルタ　じゃんさいなあ
からいも　からから　かけっこドン
さといも　さえんの　さだいじん
しいたけ　しずしず　しめがよか

***にせぶい**＝男ぶり
だいやめ＝疲労回復の晩酌
ゴッタン＝板張の三味線
キンゴキンゴ＝キラキラ

ジャカルタ＝インドネシアの首都。じゃがいもはジャカルタから来たいも、ジャガタライモからジャガイモになったといわれる
じゃんさいなあ＝そうですよね
からいも＝薩摩芋
からから＝唐から
さえん＝菜園
しめがよか＝段取りが良い

か行宴会がかり

こたこたこたこた　しょちゅを買《こ》た
きたきたきたきた　はやく来た
けたけたけたけた　なまえ書《け》た
くたくたくたくた　しおけ食《く》た
かたかたかたかた　飲んかたがかり

＊**こた**＝買った
しょちゅ＝焼酎
けた＝書いた
しおけ＝酒の肴《さかな》
くた＝食べた
飲んかた＝飲み会　宴会

だいやめ

だいが　辞《や》むっち？
だいも　辞めんち

だいが　病《や》んだち？
だいも　病まんち

だれが止めば
だいもかいも　にこさっ

だれが　止まんな
だいでんかいでん　ずんだれ

じゃっで
今夜も　いっしょき一杯
だいやめしもんそ
きばいもんそ

＊**だいやめ（だれやめ）**＝疲労回復の晩酌
だいが＝誰が
辞むっち？＝辞めるって？
辞めんち＝辞めないって
だれ＝疲れ
だいもかいも＝誰も彼も
にこさっ＝にっこり
だいでんかいでん＝誰でも彼でも
ずんだれ＝だらしない
じゃっで＝だから
いっしょき＝いっしょに
だいやめしもんそ＝晩酌しましょう
きばいもんそ＝がんばりましょう

でお

そっそっそっそっ　そらでが　でおた
へっへっへっへっ　へっが　でおた
でっでっでっでっ　でおたら　でいなこっ
ひっひっひっひっ　ひとやすみ

***でお**＝（病気などが）急にでてくる
そらで＝手首が痛む病
へっ＝肩こり
でおたら＝ノイローゼになったら
でいなこっ＝たいへんなこと

ひともじ

ふのよかしが　ゆ　わらう
ぴがささり　つが　かぶさる
へがふり　めが　も
ぶをほぐし　よかふに　あむあむ
よ　ひともじよ　こどものくちにも　け

＊**ふ**＝運
よかし＝良い人
ゆ＝良く
ぴ＝とげ
つ＝かさぶた
へ＝灰
も＝舞う
ぶ＝魚の幼児語
ふ＝風
あむあむ＝かむの幼児語
よ＝そうだ
け＝来い

桜へ

おやっとさあ
おやっとさあ
桜が舞います
花ふぶき

これはなあ
これはなあ
大地が敷きます
花むしろ

ほいならねえ
ほいならねえ
川が集めます
花いかだ

はら
はら
桜が散ります
花あらし

＊**おやっとさあ**＝お疲れ様
これはなあ＝ありがとう
ほいならねえ＝じゃあねえ
はら＝あら

夏の花

朝顔は　朝ガオーと言うどかい？
ひまわりさん　夜回りせんでんよかけ？
日々草《にちにちそう》　百日草の孫じゃっと？
立葵《たちあおい》って　ずっと立ってて　きしかね
百合《ゆり》や　みんなの心を揺り動かすおごじょ
蓮《はす》さあ　はすに構えちょらせんけ？
ポーチュラカ　さあポーレチケと踊いかた

＊**言うどかい**＝言うかな
せんでん＝しなくても
きしか＝きつい
おごじょ＝娘さん
構えちょらせんけ＝構えてないかしら
ポーレチケ＝ポルカ
踊いかた＝踊っているところ

彼岸花のつぶやき

葉っぱは　どこせえ
ひがんで　います
葉っぱが　消えたどかい
ゆがんで　います
葉っぱなんか　け忘れ
拝んで　います
葉っぱは　なかどん
和顔で　います

＊**どこせえ**＝どこへ
消えたどかい＝消えたのかな
け忘れ＝すっかり忘れ
なかどん＝ないけど

コスモス

コスモスひねもすもの申す
観光客が来もす
写真を撮りもす
青空に赤紫色の花映えもす
てのんで写りもす
心に灯りがともりもす
あいがともしゃげもす
また来年　待っちょいもす

＊**ひねもす**＝一日中
もす＝ます（申す）
てのんで＝一緒に
あいがともしゃげもす＝ありがとうございます
（ありがとう申し上げ申す）

ヤッコソウ

やっとこどっこい　ヤッコソウ
おっちょこちょいは　どの子かな
ややこにっこにっこ　ヤッコソウ
うんとこしょっと　のびざかり
やっとかっとやっこ　ヤッコソウ
頭肩ちょこんと　おやっとさあ

＊ヤッコソウ＝シイの木の根に発生する顕花植物。江戸時代の「奴」の姿に似る。日置市稲荷神社や大隅半島稲尾岳、種子島や屋久島、奄美大島にも自生

やっとこ＝やっと
ややこ＝赤ちゃん
やっとかっと＝やっとのことで
おやっとさあ＝お疲れ様

ハロウィン

一反木綿《いったん》は鹿児島生まれ
さあさ
世界中のお化けどん
一反木綿に乗いやんせ
仲良しキャンディ
まきちらすっど

＊**一反木綿**＝長さ一反もある木綿の様な物が
ヒラヒラとして夜間人を襲うと言う
『大隅肝属郡方言集』（国書刊行会）
乗いやんせ＝お乗りください
まきちらすっど＝まきちらすぞ

ツクツクボウシ

ツクツクボウシの帽子が　ひっとぶ
ほーし星と　天ずい届け
ツクツクボウシは　奉仕が好っじゃ
ほーし奉仕と　庭をはわく
ツクツクボウシから　胞子のように
ほーし胞子　虫の音広まっ
ツクツクボウシが　夏にあっぱよ
欲ーし良ーし申ーし惜し

＊**天ずい**＝天まで
好っじゃ＝好きだ
はわく＝掃く
広まっ＝広まる
あっぱよ＝さようなら

もんごもんご

早口言葉

にほんのさいこう　さいこうした
さいごう　さいこう　さいごのぶし
（日本の再興を再考した西郷最高最後の武士）

かじやまち　けいてんあいじん　いじんのいしん
めいじいしんの　せいしんししん
（加治屋町敬天愛人偉人の維新明治維新の精神指針）

ふんもんふんで　ふんふんたびっ　ふまんふんまん
ふんたくって　ふん
（履き物履いて　糞踏みつけて　不満憤懣　踏みまくって　ふん）

かわんみなもに　はなももはごろも
たんもんももいろ　きもんももももいろ
もんたくって　またもう　もんごもんご
(川面水面に　花桃羽衣　反物桃色　着物も　桃色
揉みくちゃにして　あーあ　まごまご)

ヒッタ—　たまがった　まがったたまに
たまたまあたった　こら　ひったまがった
(ヒッタ—　びっくりした　曲がった球に
たまたま当たった　これは　驚いた)

なぞなぞ

鹿はいます。熊はいません。南北６００キロ、
島の数珠つなぎです。何県？

（鹿児島県）

昔は島でした。今は島じゃないんです。半島
とつながっているんです。何島？

（桜島）

その島は、霧の海に浮かんでいます。
ニニギノミコトが降臨され、国宝の神社もあります。何島？

（霧島）

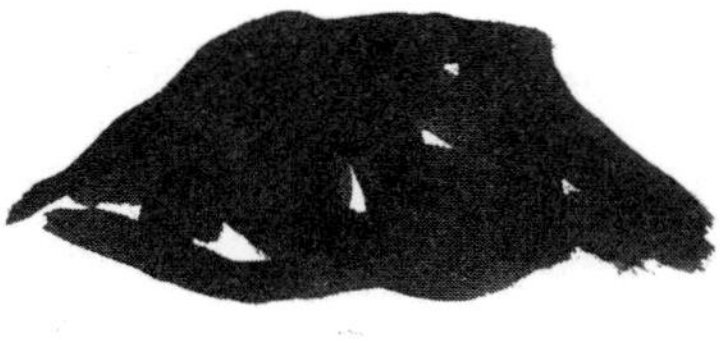

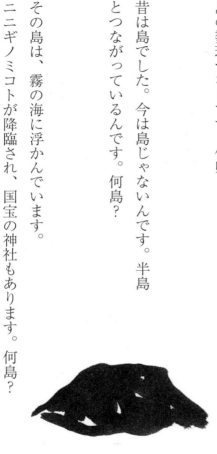

×を○にするのでなく、やぶれを縫うのでなく、病気を治療することでもありません。これを知ったら、片付けじょうず。イチ押しのことば？

（なおす　かたづける）

空気が出たり入ったり。ドカ灰降ったらまっ黒け。はなんびんた（鼻の頭）の近くです。

（はなんす　鼻孔）

干物ではありません。くされてもいません。目がキンゴキンゴしています。こんな魚、なあに？

（ぶえん　新鮮な魚）

壁ドンされたら、めちゃくちゃだあ。絹や木綿のように柔らかです。

（おかべ　豆腐）

髪が茶髪。おすべらかしにできるほど長いです。身にまとった黄緑の衣をぬぐと、きめの整った金色の肌。まるで宝石のよう。なんの野菜？

（ときっのよめじょ　とうもろこし）

年の初めは、みんなに大切にされるけど、夏の頃は、「なんやったけ？」と、忘れ去られ、また年末になると、「ああ、じゃった」と思い出すもの、なあに？
ヒント　動物。

（干支）

じゃっどなあ

道しるべ

八月七日　月遅れの七夕を立てる

七夕さあ
みんなの短冊　読むっどかい?
どうか　叶《かな》えったもんせ

ご先祖さあ
七夕飾り　見ゆっどかい?
こけ　戻っきやったもんせ
七夕飾りは　願いと帰りの道しるべ

＊**さあ**＝様
読むっどかい＝読めるかな
叶えったもんせ＝叶えてくださいませ
こけ＝ここへ
戻っきやったもんせ＝戻ってきてくださいませ

なんなん

なんなんと　手を合わせ
なんまんさんと　唱え
ののんさんとも　祈る

なんなんは　南無南無
なんなんさんは　星も表し
ののんさんは　お月様でもある

星と月と仏様
みんな光を放ち　天におられる
なんなん　ののんのん　なんまんさん

鬼の一生

あたいたちゃ
鬼子母神《きしぼじん》のおかげで　子を授かい
鬼ごっこで遊ん
鬼むずい勉強しっせえ
仕事の鬼と言われ
やがちゃ
鬼籍《きせき》に入りもす

＊**あたいたちゃ**＝私たちは
鬼子母神＝安産・育児の女神
鬼むずい＝若者言葉。とても難しい
しっせえ＝して
やがちゃ＝やがては
鬼籍＝死者の名前を記録する書類。人が亡くなること

なかよしこよし　神と鬼

神はこの頃　忙しか
神曲　神ゲー　神対応　神ってる
みんな神様と　なかよしこよし

鬼だって負けずに　騒がしか
鬼強い　鬼やばい　鬼むずい　鬼かわいい
みんな　鬼とも　なかよしこよし

もういいかい　まあだだよ
神友と　てのんで　鬼ごっこ
うまくかわして　神対応

あっと缶蹴《け》り　鬼速い
いっき　タッチ　仕事の鬼
神と鬼とは　なかよしこよし

＊**神**＝若者言葉。優れたものにつける
神曲《かみきょく》＝優れた楽曲
神《かみ》**ゲー**＝優れたゲーム
神ってる＝神がかっている
鬼＝若者言葉。後に続く言葉を強調する
鬼やばい＝とてもすごい
鬼むずい＝とても難しい
神友《しんゆう》＝とても仲の良い友だち
てのんで＝いっしょに
いっき＝すぐに

仙巌園しりとりうた

菊祭りは　仙巌園
仙巌園は　島津
島津は　キツネネコ
猫神社は　義弘公
義弘公と　ねーこの目
目みたいに光る　薩摩切子
薩摩切子は　人の手
人の手で作る　菊人形
菊人形なら　仙巌園

＊**仙巌園**《せんがんえん》＝島津家別邸
キツネ＝島津の守り神
猫神社《ねこがみしゃ》＝義弘公が慶長の役の際、猫の瞳孔で時刻を推測したと、伝えられている
義弘公＝島津家17代
関ヶ原の戦いでの「敵中突破」は有名

はじめまして

～背中合わせの持明院様石像と西郷隆盛像に～

じめさあ　お尻で挨拶《あいさつ》
すんもはん
西郷どん　私も背中で
すみません
じめさあ　昔のお姫様
拝顔《はいがん》かないません
西郷どん　未来の臣下
私もお顔を存じません

じめさあ　じめさあ
一緒に振り返りもんそ
西郷どん　西郷どん
それは良きお考え

せーのがさんはい
はじめまして

まあ　よかにせ
これは　よかおごじょ

***じめさあ**＝持明院様。島津家18代家久の正夫人
石像は鹿児島市立美術館前庭にある
すんもはん＝すみません
拝顔＝お目にかかること
せーのがさんはい＝息を合わせるためのかけ声
よかにせ＝美男子
よかおごじょ＝美女

鹿児島県桜島

鹿児島県民は　桜島が好き
灰は降るけど　そんなの平気
火の島に見守られ　元気もドドーンさ

鹿児島県民は　マイ桜島の形を持ってる
なぜって
見る場所で形が違うんだ

げたんはのような桜島
麦わら帽子のような桜島
おにぎりをかじったような桜島

鹿児島県民は　桜島で方角を知る
東西南北　変わるんだよ
私は鹿児島市生まれだから　桜島は絶対東

桜島はね
日が上り　日が沈み　県民に方角を知らせ
毎日元気を与えてくれる山

鹿児島県桜島
鹿児島県民　人生の
道しるべ

＊げたんは＝下駄の歯　黒糖菓子

錦江湾でマゴチ

マゴチ　まごまご　海の底
マゴチ　ちまちま　暮らしてる
マゴチ　まちごて　ヒラメかな
マゴチ　まこち　おいしかよ
マゴチ　海の小町　ごちそうさま

＊**マゴチ**＝砂泥底に生息するコチ科の魚
まこち＝まことに

手ぶらで来やんせ

ぶらりと　立ち寄る　錦江湾
ぶらぶら　ふらふら　魚つり
どら　竿《さお》を出そかい

ぷるぷる　イカ　タコ
ぷりぷり　クロ　ブリ
ぷるんぷるん　ミズクラゲ

キラキラ　キビナゴ
キンゴキンゴ　カンパチ
ギャーッ　サツマハオリムシ

どらどら　そろそろ　おしまいじゃ
みんなで来やんせ　鹿児島へ
手ぶらで来やんせ　錦江湾
七色とりどり　桜島
錦の海に　イルカを見ろかい

＊**来やんせ**＝いらっしゃいませ
どら＝さあ
出そかい＝出そうかな
サツマハオリムシ＝硫化水素イオンを栄養分にできる化学共生生物。海底火山から噴き出すたぎりと呼ばれる周辺に生息
見ろかい＝見ようか

あれれ？

オクラは　野菜　英語です
オグラは　あんこ　小倉山
コクラは　小倉　北九州

イクラは　卵　ロシア語です
イラクは　国の名　石油掘り
おイクラ　お値段　ハウマッチ

オラフは　雪だるま　映画です
エラブは　島の名　えらぶゆり
オラブは　叫ぶ　鹿児島弁

＊**小倉山**＝京都の山。この近くで栽培した大納言を使ったことから、小倉あんになったという説あり
オラフ＝ディズニー「アナと雪の女王」のキャラクター
島の名＝沖永良部島（おきのえらぶじま）

チェスト

チェストってね
鹿児島県民エールの言葉
ふだんは口にしないけど
いざという時　出てくる言葉

チェストって　ほら
薩摩剣士の言葉じゃないの？
それがさあ　剣士の掛け声は
エイ　イエーッ　チェイ

チェストって　あれよあれ
何回も言ううち　なまったのよ
知恵を捨てよ　チエヲステヨ　チェスト
エイクソ　チェックソ　チェスト

チェストって　こんな説もある
英語の胸　チェストだって？
露語の名誉　チェスチとな？
朝鮮の古い掛け声　チョッソも似てる

チェストって　語り伝えるエールの言葉
キバレ　いいぞ　行け行け
語源は　チェスト（収納箱）に
はいどうぞ

＊参考文献
『日本語の奥深さを日々痛感しています』
（朝日新聞校閲センター編　さくら舎）

こけけ

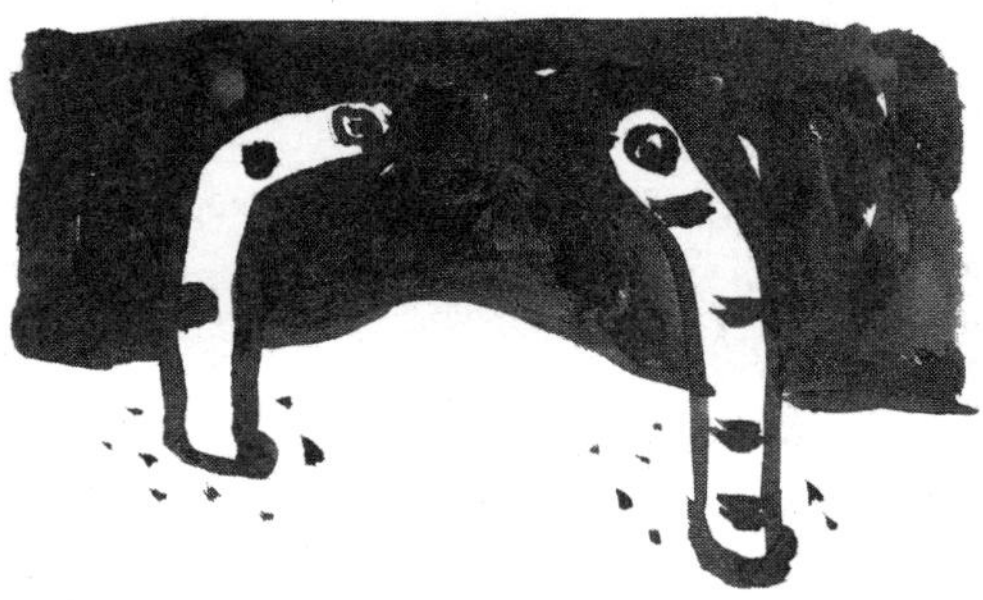

鹿児島折々折句（あいうえお作文）

どこかな？

さあさ行こうよ　あの島へ
クールな山さ　生きている
らくらくフェリーで　15分
じっくり一周　36キロ
マグマ感じる　よかところ

（桜島）

きんいろの海に　ぞくぞくすっど
んまか魚が　あっこそこ見ゆっ
こうしちゃおれん　竿《さお》だ竿　ほいっ
うきウキ　カンパチ　タイイカスズキ
わかい子　おじさん　おじいさん
んだもー　だいもかいも大漁だ

＊**すっど**＝するよ
んまか＝うまい
あっこそこ＝あちこち
見ゆっ＝見える
ほい＝それっ
んだもー＝あらー
だいもかいも＝だれもかれも

（錦江湾）

だれかな？

あかるくて
つつましくて
ひとにやさしくて
めずらしいものがすきな
さつまおごじょ
まるでシンデレラ

おおらかで
おしゃれずき
くろうは　へっちゃら
ぼーっと　せん

＊おごじょ＝娘さん

（篤姫様）

とけいのように
しごとにうちこみ
みちなき道を
ちからのかぎり

*せん＝しない

さわやかで
いばらなくて
ごうかいで
うそは言わん
たすけあって
かばいあって
もえる心で
りそうをめざす

*言わん＝言わない

（大久保利通）

（西郷隆盛）

いつもそばで　ワンワンワン
ぬき足さし足　ペタペタペタ
のやまをかけては　ドンドンドン
つきすすめ　さあ　西郷つん
んにゃんにゃ　まこて　よかあいぼう

***んにゃんにゃ**＝これはこれは
まこて＝ほんとに

（犬のつん）

どんなきもちかな？（動物もかくれんぼ）

かたすみ　日本のすんくじら
ごうかい　てげてげ　よかたいがー
しあわせ温泉　うれしかよ
まっ青な海に桜島　サイコー
がいこくナポリに　似てるぞう
すてきな世界遺産の数　ヘビー級
きてきて　こけけ　さあさるこう

（鹿児島が好き）

＊**すんくじら**＝すみっこ
てげてげ＝適当
よかたいがー＝いいんだからね
世界遺産＝屋久島・奄美・産業革命遺産の旧集成館など
こけけ＝ここへ来て・買いに来て
さるこう＝あちこち歩こう

＊**動物**
クジラ　タイガー　シカ　サイ　ゾウ　ヘビ　サル

国宝霧島神宮

これからも　誇りと責任をからうがね
くに（国）の宝だから　だからよ
ほう　からだの中から　祝砲どーん
うやまう神様は　ニニギノミコト
きんごきんごの社殿と山の緑が　よかふ
りゅう柱（龍柱）が　あ　うん　と挨拶《あいさつ》
しずまりかえった　杉の境内《けいだい》に
まっかな社《やしろ》や紅葉も　彩《いろど》り
じゅうごやさあも　明るくにこさっ
んにゃんにゃ　よかとこじゃんさいなあ
ぐっと心清める　パワースポット

うつくしか霧島神宮を　子子孫孫《ししそんそん》へ

＊**霧島神宮**＝令和四年二月国宝指定
からうがね＝背負いましょうね
だからよ＝そうそう
きんごきんご＝キラキラ
よかふ＝いい感じ
じゅうごやさあ＝十五夜様
にこさっ＝にっこり
んにゃんにゃ＝これはこれは
じゃんさいなあ＝ございますよね

ライ

ｃｒｙクライ　びんて　くらい
ゲームがどこかへ　かくされた
さけびたいほど　あたまにくるぞ

ｓｌｙスライ　においが　すらい
ママがケーキを　やいている
ずるいひとりじめ　においがするよ

ａｌｌｙアライ　れいぞうこに　あらい
おやつはきっと　あのなかだ
むすんでひらいて　れいぞうこにあるよ

ｆｌｙフライ　はいが　ふらい
さくらじまは　きょうもげんき
とんでながされ　はいがふるよ
ｌｉｅライ　やまがあたらい
べんきょうしてたら　だいじょうぶ
うそはだめだめ　やまがあたるよ

＊この作品は宮元一賢《かずたか》氏がＳＮＳで発表した鹿児島弁ピクトグラムに触発されて作ったものです

ｃｒｙ＝英語　叫ぶ
びんてくらい＝頭にくるぞ
ｓｌｙ＝英語　ずるい
においがすらい＝匂いがするよ
ａｌｌｙ＝英語　結ぶ
れいぞうこにあらい＝冷蔵庫にあるよ
ｆｌｙ＝英語　飛ぶ
はいがふらい＝灰が降るよ
ｌｉｅ＝英語　うそ
やまがあたらい＝山が当たるよ

やっせん

やっせん　のポーズ
両手を使って
バーツ

おっせん？　のサイン
片手をかざして
鶴探し

あっせん　が高じると
手をふところに入れ
袖の下

うっせん　のマーク
缶・瓶・ペットボトルは
資源ゴミへ

＊この作品は宮元一賢氏がＳＮＳで発表した鹿児島弁ピクトグラム
に触発されて作ったものです
やっせん＝だめ
おっせん＝いるかな？
あっせん＝斡旋　両者を仲立ちすること
うっせん＝捨てない

化ける

草が化けると　花となり
革が化けると　靴となる
貝が化けたら　お金（貨幣）だって
じゃあ　言葉が化けたら？
それは　訛《なま》り　方言さ

花も靴もお金も方言も
化けてうれしい　花いちもんめ

方言豆

～豆苗《とうみょう》を眺め方言豆を夢見る～

方言豆ってね
方言がいっぱい詰まった豆なんだ
切っても切っても芽が出てね
枯れそうになるけど
伸びてゆく

日本中に方言豆
若者たちの掌《てのひら》にも
ちゃんと忘れず
ほら　一人ずつ
一粒

あとがき

現在、鹿児島市の志學館大学にて「隼人学」という地域を学ぶ講義の中、方言を担当しております。毎年、学生さんたちは、私の想像以上に前向きな思いを寄せてきます。

「鹿児島弁を聞くと、心が温かくなり、安心する」

「方言は、私達と地域をつなげてくれる大切なものです」

「イントネーションが変わるだけで鹿児島弁になる魔法」

「言葉って、どれが正しいとか間違っているとかじゃないんですね」

「鹿児島弁だけでなく、他の方言のよさも知り、尊重しあっていきたい」

等々。まだまだ若者の方言愛も捨てたものではありません。

ある学生さんが、『鹿児島ことばあそびうた　2』の朗読（ユーチューブ）を聞く課題へ、次のような感想を書いてきました。

「おばあちゃんと一緒に動画を観て、おばあちゃんはすごく笑っていました。久しぶりに聴いた方言が多く、懐かしくて面白かったみたいで、ずっと笑っていました。最近は、方言を聞く機会が少なくなってきていることを実感しました。懐かしくなるほど方言を聞いていないということは、なんだか悲しいことだし、もっと方言を話す人が増えたらいいなと思いました」

日本中が共通語だらけになるのは、もったいないですよね。全国各地の言葉が消滅しないよう、方言を話す人が増えていくことを願ってやみません。

さて、早いもので、前作の『鹿児島ことばあそびうた　2』の出版から12年の月日が流れました。谷川俊太郎さんの帯文を頂いた『鹿児島ことばあそびうた』から数えると20年です。「掘り出されたばかりのさつまいもみたいに無骨だが、焼きたてのさつまいもみたいにおいしいことばたち、懐かしい声がひそんでいる、昔からの暮らしの匂いがよみがえる」という谷川さんの言葉は、ずっと心の支えになっております。声や匂いも感じられる言葉を大切にし、丁寧に紡ぎつつ、創作を続けて参りました。

『鹿児島ことばあそびうた　3』は、無骨さも少し削られ、スマートになっておりましたら幸いでございます。

今回も石風社のホームページ（https://sekifusha.com/）で、いくつかの作品の朗読を聞くことができます。声の世界もお楽しみください。

最後に、出版に際しましては、心温まる絵を描いて下さったやべみつのりさん、石風社代表の福元満治さんには、たいへんお世話になりました。末筆ながら、お礼申し上げます。

二〇二四年五月　　植村紀子

植村 紀子（うえむら のりこ）

1963年鹿児島県生まれ。鹿児島女子大学（現・志學館大学）卒業。高校教員として５年間在職後、創作活動や講演会活動に携わる。第12回かぎん文化財団賞受賞。2014年、「TEDxKagoshima」に出演。「方言という音楽から世界言語のハーモニーへ」と題しプレゼンした(ユーチューブ配信中)。現在、志學館大学非常勤講師、日本児童文学者協会会員。

主な著書に『鹿児島ことばあそびうた』『鹿児島ことばあそびうた２』（石風社）、『鹿児島ことばあそびうたかるた』『創作民話雪ばじょ　おはなしと「音楽づくり」』（南方新社）、『親と子のことば紡ぎ』『かごっま言葉玉手箱』（南日本新聞社）、『大地からの祈り　知覧特攻基地』（高城書房）、『ぐるっと一周！鹿児島すごろく』（燦燦舎）等。

やべ みつのり（矢部光徳）

1942年大阪で生まれ、岡山県倉敷市で育つ。1977年より、子どものための造形教室「ハラッパ」を16年間主宰。現在は各地で造形あそびや紙芝居づくりのワークショップを開いている。

絵本に『かばさん』『ひとはなくもの』（こぐま社）『ふたごのまるまるちゃん』（教育画劇）『あかいろくんとびだす』（童心社）、紙芝居に『これはジャックのたてたいえ』（トロル出版部）『あれあれなあーに？』『ほねほねマン』シリーズ（童心社）など多数。

共著に、『演じてみよう　つくってみよう紙芝居』（石風社）がある。

1996年第34回高橋五山賞奨励賞受賞。

1995年より、NGO（国際協力の民間団体）の要請で、ラオス・アフガニスタン・ミャンマーなどを訪問、紙芝居づくりセミナーを開いたり、紙芝居の普及に努めている。

鹿児島ことばあそびうた　3

二〇二四年九月一日初版第一刷発行

著　者　植村紀子
絵　やべみつのり
発行者　福元満治
発行所　石風社
福岡市中央区渡辺通二―三―二十四
電　話　〇九二（七一四）四八三八
ＦＡＸ　〇九二（七二五）三四四〇
https://sekifusha.com/

印刷製本　シナノパブリッシングプレス

ISBN978-4-88344-327-7　C0095

＊価格は本体価格（税別）で表示しています

植村紀子

鹿児島ことばあそびうた

長野ヒデ子［画］

「掘り出されたばかりのさつまいもみたいに無骨だが、焼きたてのさつまいもみたいにおいしいことばたち」（谷川俊太郎氏）。郷土を愛するすべての人のために書かれた、鹿児島弁初のことばあそびうた集

２０００円

植村紀子

鹿児島ことばあそびうた2

林　舞［画］

おせ（大人）も子どんも、やっせんぼ（弱虫）もてんがらもん（利口者）も、おごじょ（娘さん）もまごじょ（孫）も、あっまっ（灰汁まき）もカライモも、みんなで楽しめる鹿児島弁ことばあそびうた詩集、第2弾！

１５００円

鈴木　浩　**＊「第36回地方出版文化功労賞」奨励賞受賞**

小学生が描いた昭和の日本

児童画五〇〇点
自転車こいで全国から

１９６９年10月〜１９７０年10月　あの激動の時代子供たちはなにを見ていたのか——一人の青年が北海道から沖縄まで、1年かけて１２０の小学校を自転車で訪ね、子供たちの絵を集めた

２５００円

ながのひでこ　作

とうさんかあさん

＊絵本

第一回日本の絵本賞文部大臣奨励賞受賞　「とうさん、かあさん、聞かせて、子どものころのはなし」。子どもの好奇心が広げる、素朴であったかい世界。ロングセラーとなった長野ワールドの原点

【3刷】１４００円

長野ヒデ子 編著　右手《うて》和子／やべ みつのり 著

演じてみよう つくってみよう 紙芝居

日本で生まれた紙芝居が、いま世界中で大人気。紙芝居は観るだけでなく、自分で演じて、そして作ってみると、その面白さがぐんと深まります。紙芝居の入門書。イラスト多数

【3刷】１３００円

長野ヒデ子

ふしぎとうれしい

「生きのいいタイがはねている。そんなふうな本なのよ」（長新太氏）。使い込んだ布のようにやわらかなことばで、絵本と友をいきいきと語る、長野ヒデ子初のエッセイ集

【4刷】１５００円

＊読者の皆様へ　小社出版物が店頭にない場合は「地方・小出版流通センター扱」とご指定の上最寄りの書店にご注文下さい。なお、お急ぎの場合は直接小社宛ご注文下されば、代金後払いにてご送本致します（送料は不要です）。

＊価格は本体価格(税別)で表示しています

長野ヒデ子

絵本のまにまに

絵本、紙芝居、暮らし……絵本作家・長野ヒデ子が綴るエッセイ集第二弾。「「まにまに」と書いてあるけどそれはウソ。本当は絵本の「どまんなか」にヒデ子さんがいます」（アーサー・ビナード氏）

【2刷】 1800円

のえみ 作

ちがうものをみている 特別支援学級の子どもたち

＊漫画

特別支援教育に携ってきた著者が、子どもたちの生き生きとした日常を、それぞれの子どもたちの目線で描く。この子どもたちを知れば、世界はもっとゆたかになれる。ちがうものが見えるって、すごくない⁉

1200円

アンナ・チェルヴィンスカ-リデル著 田村和子訳

窓の向こう ドクトル・コルチャックの生涯

〝子どもと魚には物事を決める権利はない〟――そんなポーランドの厳格なユダヤ人家庭に育った少年は、なぜ子どもたちのために孤児院を運営する医師となり、ともにガス室へと向かったのか

1500円

宮内勝典

南風《なんぷう》

第16回文藝賞受賞作

夕暮れ時になると、その男は裸形になって港の町を時計回りに駆け抜けた。辺境の噴火湾（山川湾）が、小宇宙となって、ひとの世の死と生を映しだす――著者幻の処女作が四十年ぶりに甦る

1500円

竹中 力

子どもを大切にしない国 ニッポン 元児童相談所職員の考察と提言

いじめや体罰、虐待・自死から子どもたちをいかにして守るか――親・児相・施設職員・保育士・教師・医師・市町村職員など……子どもの命に携わる人たちへの熱いメッセージ

2500円

石牟礼道子

[完全版] 石牟礼道子全詩集

時空を超え、生類との境界《あわい》を超え、石牟礼道子の吐息が聴こえる。02年度芸術選奨文部科学大臣賞受賞『はにかみの国』大幅増補。新たに発掘された作品を加え、全一一七篇を収録する四四四頁の大冊

3500円

＊読者の皆様へ　小社出版物が店頭にない場合は「地方・小出版流通センター扱」とご指定の上最寄りの書店にご注文下さい。なお、お急ぎの場合は直接小社宛ご注文下されば、代金後払いにてご送本致します（送料は不要です）。